아주 높다란 그리움

아주 높다란 그리움

초판 1쇄 발행 2022년 11월 10일
초판 2쇄 발행 2022년 12월 9일

지은이 이상훈
펴낸이 정해종

펴낸곳 ㈜파람북
출판등록 2018년 4월 30일 제2018-000126호
주소 서울특별시 마포구 토정로 222 한국출판콘텐츠센터 303호
전자우편 info@parambook.co.kr **인스타그램** @param.book
페이스북 www.facebook.com/parambook/ **네이버 포스트** m.post.naver.com/parambook
대표전화 (편집) 02-2038-2633 (마케팅) 070-4353-0561

ISBN 979-11-92265-81-0   03810

아주 높다란 그리움

이상훈 시집

파람북

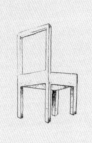

시집을 묶으며

서재를 정리하다 50년 묵은 빛바랜 공책 몇 권이 담긴 상자 하나를 발견했다. 누런 갱지 위에 대학 시절부터 쓴 시와 단상들이 빼곡했는데, 공백으로 남았던 한 시절이 채워지는 것 같아 기뻤다. 가슴 아픈 건 중고등학교 때 쓴 글들은 대학 때 하숙집을 전전하다 잃어버린 후론 어디서도 찾을 수 없다는 것이다. 나의 인생에서 사춘기가 증발해버린 느낌이다.

빛바랜 노트를 펼치며 어리숙하지만 순수했고, 고달팠지만 열정으로 가득했던 이삼십대의 순정을 다시 돌아보게 되었다. 청춘의 비망록 같은 시를 컴퓨터 자판을 두드려 옮기자니 마음에 전율이 일었다. 그 시절의 아픔과 초조함이 손끝을 통해 전해지는 것 같았다. 세상사에 덜 여문 탓도 있으려니와 스스로 감정의 늪에 발을 디뎠던 일도 없지 않다. 그러나 나는 가감 없이 그대로 옮겨 적었다. 어쨌거나 내 생의 일부이기 때문에 그렇다. 여기에 모은 시는 노트에 적힌 시들을 선별해 그대로 옮기고 근작 몇 편을 보탠 것이다.

누구에게나 그렇듯 젊은 날은 몸부림의 연속이다. 내 세대의 공통분모였던 가난과 불확실한 미래, 알 수 없는 상실감과 여지없이 실패하는 사랑 등으로 온통 얼룩져 있다. 군대를 전역하고, 직장에 자리를 잡고, 숨 막히는 경쟁 속에서 살아남고, 결혼과 더불어 첫아이를 만나고 얼마쯤 지난 시점에 이 노트는 상자에 담긴 채 구석에서 구석으로 이어지며 어둠의 시간을 보냈을 것이다.

중장년에 이르면서 어느 정도 생활의 안정을 찾고 약간의 여유도 누려보는 사이에 혼돈과 고난의 일기 같았던 시는 내게서 점차 멀어져 갔다. 상상력과 합리적 추론으로 역사의 공백을 메우는 소설을 쓰면서부터는 더욱 그랬다. 그래도 일상의 틈새에서 간간이 쓰이는 시는 그때의 시들과는 사뭇 다르다. 그때는 어불성설이었던 자연과 낭만과 관조가 담긴다.

그때나 지금이나 시인이란 직함을 가져본 적이 없지만, 시는 솔직한 감정의 기록으로서 늘 나와 함께 했다. 물론 부족함이 없지 않다. 하지만 인생의 대변자로서, 삶의 증거자로서 내 안의 시인은 앞으로도 나와 함께 할 것이다. 이 시집을 묶으며 비록 얼룩투성이였다 해도 나는 내 생의 잃어버린 한쪽을 찾은 것만 같아 기껍다. 아니, 오히려 지금의 내가 그때의 나로부터 위로받는 느낌이다. 그 청춘의 시편들로 인해. 눈물이고 희망이었던.

2022년 깊어가는 가을

이 상 훈

차례

3부 __ 부질없어 아름다운

1부

세상의 시작이고 끝인

울어라 매미

매미가 우는 것을 말리지 마라
한순간의 울음을 위해 팔 년을 기다리고
한 철을 울고 조용히 사라지는 매미

매미가 떠나간 가을에
매미 울음소리가 환청으로 남는다
어릴 때 여름방학 곤충채집용으로 잡혀
핀에 박힌 채 순교한 매미의 울음이
유령처럼 허공을 떠돈다

매미의 울음소리가 귓가에 계속 울린다
매미는 어린 내가 다쳤을 때 울어주었고
내가 힘들어할 때 옆에서 울어주었다

오늘도 매미 소리가 나의 상처를 달랜다
이제는 내가 매미의 상처를 달래주고 싶다
울어라 매미, 오직 네 생을 위해

낯선 종점에서

목적지 없이 버스를 타본 적이 있습니까
한밤에 종점에 내려서 걸어 본 적이 있습니까
그리고 별빛을 받으며 돌아온 적이 있습니까

그렇지 않다면 인생을 이야기하지 마세요
인생은 목적지가 없기 때문입니다
인생은 종점이 없기 때문입니다

세상의 중심에서 외치다

어릴 때는 내가 세상의 중심이고
고향이 세상의 중심인 줄 알았습니다
그러나 고향보다 더 큰 세상이 있고
내가 세상의 중심이 아니라는 사실을
시간이 가르쳐줬습니다

시간이 갈수록 세상의 중심은 바뀌었습니다
지구도 세상의 중심은 아니었습니다
지구는 태양을 중심으로 돌고 있는
아홉 개 행성 중의 하나였습니다

태양도 세상의 중심이 아니었습니다
은하를 이루는 천억 개의 별 중 하나로
은하의 중심으로 돌고 있을 뿐이었습니다

은하도 세상의 중심이 아니었습니다
우주에는 헤아릴 수 없는 은하가 있었습니다

지구는 해운대 백사장 모래더미에서
모래 한 톨보다도 못한 존재입니다
그 지구에 살고 있는 나는 무엇일까요
무한한 시간과 공간 속에서
티끌보다도 못한 우리는 무엇일까요

우리는 어디서 와서 어디로 갈까요
위대한 성인들도 그 해답을 찾지 못했습니다
왜냐하면, 시작도 없고 끝도 없으니까요

백사장 모래 한 톨보다 못한 지구에서
우주보다 큰 생각으로 살았습니다
시작도 끝도 없는 텅 빈 세상에 외칩니다

내가 세상의 시작이고 끝이다

모래시계

일어나 시간부터 확인합니다
시간에 맞춰 일정이 정해지고
시간에 쫓겨 하루를 마감합니다

배가 고프지 않아도
시계가 지시하는 시간에 밥을 먹습니다
시간이 지나고 지나면
학교에 가고 취직을 하고 결혼을 합니다
그리고 죽음을 기다립니다

지나간 시간에는 미련이 담겨 있고
지금의 시간에는 조급함이 담겨 있고
오지 않은 시간에는 불안이 담겨 있습니다
시간이 인간을 지배하고
시계는 시간을 지배합니다

인생의 시계는 해시계도 아니고
오래된 괘종시계도 아니고

손전화 속의 시계도 아닙니다

인생의 시계는 모래시계입니다
모래시계는 끝이 있기 때문입니다
모래는 계속 아래로 떨어집니다
모래시계는 뒤집을 수 있지만,
인생의 모래시계는 뒤집을 수가 없습니다

멀리서 보는 세상

가까이 보면 예뻐도
너무 가까이 보면 추해 보인다

가까이 보아서 못나 보이는 사람도
멀리서 보면 그리움이 쌓인다

사람은 나이가 들수록 세상과 멀어진다
세상과 멀어져 가슴에 그리움이 남는다

좁게 보면 괴로운 일밖에 없어 보여도
멀리서 보면 괴로움도 고만고만하다가
아름답게 보이기도 한다

산 정상에서 도시를 내려다보면
쓰레기 더미의 도시도
인형의 집처럼 예쁘게 보인다

어느 사진작가는 말한다

인생은 줌아웃으로 살아야 한다
줌인하면 모르는 것들이
줌아웃하면 다 보인다고 했다

세상의 일이 다 그렇다
넓게 보면서 살면
모든 게 부처님 손바닥 안이다

멀리서 보면 세상은 살만한 곳이다

게으른 하루

아무 일도 하지 않고
햇빛 받으며 멍하게 앉아있으니
고요 속에 평화가 머문다

늘 무언가에 쫓기며
무언가를 하고 있지 않으면 불안하고
몸이 바쁘지 않으면
또 무언가 잃어버린 것만 같다

오늘 하루 아무 일도 하지 않고
꽃을 바라보고
강아지 자는 모습도 보고
햇빛 속에 비친 내 모습도 바라보고

아무에게도 방해받지 않는 즐거움
어떤 생각도 방해받지 않는 자유

게으름이 삶을 충만하게 한다

몸의 게으름이 아니라
생각의 게으름

흔적

내가 없어도 세상은 돌아간다
계절은 어김없이 반복할 것이며
사람들은 똑같이 바쁘게 살아간다

내가 없어지면
나를 아는 사람들은 한순간 당황하다가
아무 일 없었다는 듯 일상으로 돌아갈 것이다

내가 있는 동안은
세상이 나를 중심으로 도는 것 같지만
세상은 항상 그 자리에 있다

나는 잠깐 이 세상을 방문한 여행자일 뿐이다
여행자의 짐이 무거우면
멀리 갈 수가 없다

우리는 모두 세상의 여행자다
여행지에서 흔적을 남기지 말고 추억을 남기자

흔적은 사라져도

추억은 사랑을 남긴다

강물이 흐르는 까닭

인생은 흐르는 강물
지금 흐르는 강물이 어제의 강물이 아니듯
오늘도 어제의 내가 아니다

인생은 그렇게 흘러가는 것
그 누가 흐르는 강을 막을 수 있을 것인가

오늘 만나는 사람을 사랑하자
그냥 흔적도 없이 사라지는 강물처럼
인생의 흔적을 남기지 말자

세월이 흘러서 늙는 것이 아니라
꿈이 없어서 늙어간다

세월은 얼굴에 주름을 보태지만
꿈은 영혼의 주름을 펴게 한다

꿈이 있으면 청춘이다

집착하면 꿈은 달아난다

강물이 흐르지 않으면 썩는 것처럼
집착하면 꿈도 썩는다

흐르는 강물이 아름다운 이유는
그냥 그대로 그 순간을 보여주기 때문이다

흐르는 강물이 아름다운 것은
달을 제 안에 담지 않기 때문이다

가지 않은 길

뒤돌아보면 가지 않은 길이
궁금해집니다
그 길에는 무엇이 있었을까
왜 그 길을 가지 않았을까

선택의 갈림길에서
많은 고민과 방황이 있었으나
길은 모두 연결되어 있다는 것을
나중에야 알았습니다

가지 않은 길도
내가 살아온 길도 하나였다는 것을

수많은 물줄기들이
하나의 강이 되어 바다로 흘러가듯
인생도 바다에 이르러 하나가 된다는 것을
바다는 말없이 모든 것을 품는다는 것을

가지 않은 길을 갔더라도

결국 지금의 바다에 이르렀을 것이란 것을

이 모든 걸 그때 알았더라도

고민과 방황이 다르지 않았으리란 것을

화

불같이 왔다가
화상을 남기고 사라진다

화로 생긴 불길은
시간만이 잡을 수가 있다

화를 안으로 삭이면
마음에 병을 남기고

화를 밖으로 내보내면
후회가 남는다

화는 어린 아기처럼
나에게 매달린다

화를 따뜻하게 안아주고
달래고 쓰다듬는다

화는 울기 시작한다

울다가 지쳐서 잠이 든다

나도 사과나무를 심겠소

세상 끝 날이 오면 당신은 무엇을 하겠습니까
그날은 언제 올지 아무도 모릅니다
내일 올 수도 있습니다

내일 종말이 오면 사과나무를 심겠다는 말이
어릴 때는 장난으로 들렸습니다
나이 들수록 그 말이 사무치는 건 무슨 까닭일까요

세상 끝나기 전날에
사과나무를 심는 마음으로 내일을 기다리겠습니다

먼저 사랑하는 사람부터
그리고 고마웠던 사람에게
마지막으로 나의 무심한 말에 상처받은 사람에게
편지를 쓰겠습니다

내일 종말이 오더라도 미련이 없게 살겠습니다

종말을 두려워할 이유가 없습니다
어차피 길어야 백 년 인생인데
오늘 최선을 다한다면
더 살아본들 무슨 의미가 있겠습니까

오늘이 마지막이라 생각하고 행복하게 살면
고마운 것 말고는 뭐가 남겠습니까

세상에 미련을 갖지 않겠습니다
미련은 최선을 다하지 않았기에 남는 것입니다

사랑에 최선을 다하고
행복에도 최선을 다하고
주변 모두 사랑하고 행복할 수 있도록
최선을 다하겠습니다

내일 세상의 종말이 닥친다면
나도 오늘 한 그루의 사과나무를 심겠습니다

종말이 오면 사랑하는 사람과 함께 하고
종말이 오지 않으면 사과나무를 잘 가꾸어
오래된 친구와 사과를 나누고 싶습니다

우리의 이야기들

세상이 부질없다고 허망하다고 말하지 마라
돌멩이 하나에도 추억이 스미는 법,
사람이 만든 물건에도 추억이 쌓이면
감정이 깃든다

스쳐가는 인연이라 했던가
그 인연이 쌓이고 쌓여 만든 인생은
얼마나 소중한 것인가

인생을 부질없다 허망해하지 마라
인생도 당신의 손때가 묻으면 아름다워진다
하루하루를 눈을 크게 떠 하늘을 보고
산을 올라가 자연과 대화를 나누시라

자연이 당신에게 속삭이리라
우리의 스쳐온 이야기들이 인생이라고
그 이야기가 오래도록 살아 움직이리라고

그것이 우리의 아름답고 부질없는 인생이다

산을 오르다

산을 모르던 내가
산을 알게 되고 산에 빠진다

클래식을 모르던 내가
베토벤을 알게 되고 음악에 빠진다

일밖에 모르던 내가
인생을 알게 되고 사람에 빠진다

베토벤의 교향곡을 들으며 산을 오르면
산과 베토벤과 내가 하나가 된다

음악이 귀를 열어주고
풍경이 눈을 열어주며
사람은 마음을 열어준다

산이 그렇고 클래식이 그렇다
조금만 귀 기울이면 즐길 수 있는 인생을

왜 그렇게 귀 닫고만 살았을까

마음을 열면 귀가 열리고
귀가 열리면 내면의 소리가 들린다
내면의 소리는 태초의 우주가 연주하는 음악이다
나는 내 안의 내면의 소리로 나를 확인한다

우연의 생

우주의 나이는 139억 년
지구의 나이는 46억 년
인류의 나이는 40만 년
나의 나이는 50년

무한한 시간과 공간 속에서
나는 어디에 있을까
있기는 있는 것일까
한 점 티끌도 되지 않는 지구 위에서
눈 한번 깜빡이면 백 년이고
숨 한번 쉬면 사라질 인생인데

무엇을 아쉬워하고
무엇을 위해 아등바등하고
무엇을 남기려 애를 태우는가

139억 년 전 우주가 우연히 탄생했다면
지구도 우연이고

인류도 우연이고
나도 우연이다

우연이 필연으로 바꾸는 것이 종교이고
우연의 원인을 찾는 것이 과학이다

나는 과학 속에서 종교를 찾고
종교 속에서 인생을 찾는다

태양은 다시 떠오른다

매년 매일 똑같이 태양이건만
사람들은 새해 일출을 보기 위해
개미 떼처럼 동해로 몰려든다

무슨 소망이 그리 많은지
새해 떠오르는 태양을 향해
공손히 두 손 모을 때
바다는 새벽부터 몸살을 앓는다

새해 처음 뜨는 해에 기도하고
돌아서는 사람들의 경건한 그림자
그러나 두 번째 떠오르는 태양에는
아무런 관심조차 없다

알고도 짐짓 모른 척
태양은 무지개 색깔의 꿈을 던져주며
어여 돌아들 가시게
부디 건강들 하시고

꿈은 무지개처럼 아름답지만
이룰 수 없는 꿈은 허망하다
그런 줄 알면서 나도 짐짓 모른 척
새해 아침에 허망한 꿈을
떠오르는 태양에 실어본다

아무리 먹구름과 폭풍우가 감추더라도
태양은 별일 아니라는 듯 다시 떠오르고
별일 아니라는 듯 나는 또 태양을 맞는다

이 길에도 끝이 있다면

꾸밈없는 사랑으로 키워진
순박한 영혼을 지니고 싶다

소나무 속 갈대밭 사이를 헤엄치며
끝없이 뛰노는 내가 되고 싶다

해 지는 줄도 모르고
어머니가 밥 먹으라고 찾을 때까지
마냥 뛰놀던 내가 되고 싶다

언덕 너머의 세상이 궁금하던
그 옛날의 내가 되고 싶다

세상살이에 붙들려 나를 잊어버리고
나 아닌 내가 되어버린 나

이 방황의 끝은 어디일까
어디에서 나는 나를 만날 수 있을까

어둠 속에서 *끄*적이는
이 마음의 격랑에도 진실은 있는 것일까

멀리서 나지막이 풀벌레 소리 들려오고
그 소리가 나의 어깨에 손을 얹는다

나는 자유인

도시를 떠나
산으로 돌아오니
모든 것이 고요하다

눈에 보이는 것이 없고
귀에 들리는 것이 없으니
생각마저 없어진다

생각이 없어지니
잡념이 없어진다

잡념이 없어지니
시간이 없어진다

시간이 없어지니
나무와 풀과 바람과 구름이
나와 하나가 된다

고요함 속에서
눈물이 떨어진다

나는 자유인이다

추락의 자유

내 밖의 것들이 나를 짓누를 때
인내의 한계를 넘어설 때
과감히 떨쳐내고 훨훨 날아갈 순 없을까
모든 것을 버리고 조용히 살 순 없을까

모두가 냉정한 시선을 보내고
시기와 질투로 가득 차 있다
숨통을 조여오는 이 완고한 시절
질주하다 보면 마침내 이륙할 수 있을까
과감히 솟구쳐 자유인이 될 수 있을까
자유인이 되어 궤도 밖을 비행할 수 있을까

그럴 수 있다면
하늘 높이 날아올라
세상을 향해 추락하는 자유를 가지고 싶다
날개가 꺾이더라도 꿈을 꺾이지는 말고
추락하는 자유를 느끼고 싶다

추락하는 것은 날개가 없다
추락하는 것은 자유가 있다

허수아비의 춤

바람에 몸 맡긴 채 허수아비가 홀로 춤춘다
황금벌판을 일렁이는 피에로의 슬픈 몸짓

모자람 없는 계절에 헐거운 육신을 움직여
허수아비는 고독의 춤을 춘다

미소가 범람하는 거리에 홀로 펄렁이는
나는 또 하나의 허수아비

세상은 멀어져가고 멀어지는 세상을 따라
끝없는 방황을 홀로 즐기고 있다

사랑을 버리지 못하고 독신을 갈구하는
이 부조리는 어디에서 오는가

나의 본질은 애초에 허구였다
허상 앞에 허울허울 춤추는 허수아비

참새가 앉아도

바람이 불어도

허수아비는 생각을 비우고 춤춘다

겨울비

얼어붙은 가슴에
겨울비 내린다

눈이 되지 못한 채
속내를 감추지 못한 채
적막 속에 내리는 비

봄비는 다정하고
여름비는 거만하고
가을비는 낭만일 때
겨울비는 고독이다
그저 홀로일 뿐이다

겨울에 내리는 비는
벌거벗은 나무도 반기지 않고
들풀마저도 밀어내
보이지 않는 곳에 고인다
흐르지도 못하고

아물지 않는 상처처럼
고인 자리에 또 고인다

들판에 내리는 겨울비는
흰 눈을 녹이는데
도시에 내리는 겨울비는
마음에 얼어붙는다

겨울비가 덧난 마음에 고이고
외로움에 들러붙어 속삭인다
봄은 아직 멀었으니
날 버리지 말라고

꿈

뒤돌아보면 꿈같은데
앞으로 보면 삶이네

삶이 거친 파도라면
꿈은 푸른 바다에 비치는 한줄기 불빛

거친 파도에 불빛이 비치면
삶이 꿈이고
꿈이 삶이네

꿈의 끝은 삶인가
꿈처럼 살아온 일생의
아련한 그리움

2부

아직 피지 않은 꽃

첫사랑의 청첩장

화사한 꽃들이 눈에 들어와 박힌다
잔잔한 수면에 던져진 한 장의 청첩장
갈 수 없다는 걸 몰랐을까
알려야 할 의무감이었을까
오래된 기억들이 파문을 일으킨다

청첩장의 향기 없는 꽃들이
추억을 강요하듯 활짝 피어난다

청첩장을 들고 바라보는 짙푸른 하늘
구름 속에서 그려졌던 그녀의 얼굴이
그녀를 향해 던져졌던 위선의 말들이
이내 허공에 흩어진다

그녀 때문에 가슴 아파했고
그녀 때문에 잠 못 이룬 밤들
그녀 때문에 행복했던 순간들

가시라, 부디 잘 가시라

행복하시라, 부디 행복하시라

진심을 담아 행복을 빌어볼 수밖에

파란색 꿈

온 산 푸르고 온 하늘 푸르다
나도 푸르게 멍들어
저려 오는 마음 어쩌지 못해
잉크처럼 푸른 물을 떨군다

허공에 나부끼는 마음 붙잡지 못해
잔망스러운 치기를 달래지 못해
멍에 물을 풀어 푸른 잉크로 끄적인다
젊은 날 가슴을 짓누르던 파란색 꿈

소리쳐 부르면 다가올 것 같은데
다가갈수록 멀어져 가는 그날들
꿈도 멍도 짙푸르던 날들 아련하기만 한데
온 산 푸르고 온 하늘 푸르다

초여름 코스모스

흙먼지를 맞으며 코스모스 몇 송이 손짓을 한다
이제 여름이 시작되었는데 무엇이 그리 급했을까

작년 가을 행군하면서 만났던 코스모스
한 번 더 보면 제대한다고 중얼거렸는데
땡볕에 서둘러 핀 까닭을 이제 알 것 같다

빨갛게 피어오른 한 송이 코스모스
가녀린 바람에 사뿐히 흔들리고 있다
손등으로 부드러운 촉감을 느껴본다

제 딴에는 무슨 사정이 있어 서둘렀지 싶은데
초여름 코스모스가 땀에 지친 나에게
다감한 손길로 다가와서 속삭인다

이제 며칠 남지 않았다
조금만 참아라

젊은 날의 초상화

폭력 앞에 비굴하다면
젊어도 청춘이 아니다

우물 속 개구리처럼
두려움과 비겁함에 짓눌려 촐랑거릴 뿐,
비겁한 가면 뒤에 숨은 지성은
껍질을 깨고 뛰쳐나갈 용기가 없다

혹독한 겨울의 고문을 이겨낸
들꽃만이 꽃을 활짝 피울 수 있고
시련을 받아낸 들꽃만이 향기를 품는다

용기 없는 지성은 온실 속 화초거나
생명이 이르지 못한 표본일 뿐이니
청춘은 아직 피지 않은 들판의 꽃이다
시련을 이기지 못하면 피지 못한 채
짓밟히는 한겨울의 들꽃이다

폭력에 비겁해지지 말자
시련을 이기지 못하면
이미 시들어버린 꽃이다

훌쩍 떠나고 싶을 때

야간열차를 타고
가보지 못한 먼 곳으로 떠나고 싶다

한 줌의 흙과 한 포기의 풀에도
애틋한 애정을 담고 싶다

가식적인 웃음으로 치장한 도시를 떠나
진정 내가 원하는 삶을 살고 싶다

꽉 물려 돌아가는 톱니바퀴처럼
끌려다니는 나의 일상

조금의 틈도 허락하지 않는 터널 속의 삶
이 두터운 벽을 깨고 나갈 용기가 없다

모두 벗어버리고 떠나고 싶다
한갓 배부른 낭만에 불과할지라도

어깨가 무겁다

오늘도 긴 터널을 지나고 있다

비상의 꿈

닭장 속에 갇힌 수천 마리의 닭들이
사료 한번 먹고 물 한 모금 마시고
가족인지 이웃인지 동료인지 모를
서로의 눈을 애처롭게 바라본다
그들은 이미 생명체가 아니라
컨베이어 벨트 위의 알 낳는 기계다

세상이라는 닭장 속에 갇혀 있는 나도
생명을 포기하고 발버둥치는 부속품이다
생각마저 질식시키는 무한 반복의 일상
무언가를 기다리며 하루하루를 손꼽는 삶이
뼈를 녹이고 피를 말린다

왜 이렇게 시간이 느린지
나는 어느 지점에서 멈추어 있는 듯한데
해와 달은 규칙적으로 임무를 교대하고
숨 막힐 듯 일정한 속도로
나를 태운 벨트만이 흐르고 흐른다

그 흐름을 나는 시간이라 부르지 못한다

새벽 비를 맞으며 터벅터벅 걷는다
비에 젖은 청춘의 발걸음이 무겁다
말 못 하는 억눌린 일상이 더욱 무겁다
나는 자꾸만 절망을 향해 다가가고
절망한다는 것은 삶을 버리는 일이다

살얼음을 내딛듯 또 하루가 지나간다
안타까운 시간이 잔인하게 죽임을 당하는
앞날을 기약할 수 없는 이 사육의 땅에서
기다림은 현재의 나를 포기하는 것이며
기다림은 미래의 나를 포기하는 것이다

천둥이 울고 번개가 친다
이 지상 어디선가는 혼곤한 의식을 깨우는
의지의 섬광이 번쩍이겠구나
어둠을 가르고 빛의 세상이 열리겠구나

독수리에게 먹히거나 독수리가 되거나

한순간이라도 날아오르고 싶다

숨 막히는 닭장 밖으로

하루의 생

어둡고 추운 곳에서
새우잠을 설치며 뜬눈으로 밤을 새웠다
청량하게 지저귀던 새소리는 사라지고
썩은 고기에 파리 떼만 들끓는다

문득, 온몸으로 자신의 생애를 증명하는
더러운 물가 하루살이의 순결한 삶을 본다
단 하루의 삶을 위해 저렇게 발버둥 치는데
나는 지금 무엇을 하고 있나

하루살이가 모여 있는 웅덩이에
새 한 마리가 날아와 하루살이를 쫓고
나는 돌 하나 던져 새를 쫓는다
잠시, 하루살이도 새도 사라진 웅덩이
고요한 수면에 어지럽게 파문이 인다

속이 빈 나의 하루에도 파문이 인다

주왕산에 올라

홀로 주왕산을 오른다
눈부시도록 맑은 시냇물이
오래 묵은 상처를 부드럽게 감싸 안는다

주산지 물속에서 머리만 내밀고
하늘을 향해 뻗어있는 나무들
머리는 빛을 받아 반짝이고
물에 잠긴 가지에도 푸르름이 남아 있다

머리까지 물속에 잠긴 나무들은
시들고 썩어가고 있다

주산지의 풍경이 나에게 가르친다
머리가 썩지 않으면 몸도 썩지 않는다
몸이 썩지 않으면 생각도 썩지 않는다

나의 청춘은 물에 잠긴 나무
머리도 몸도 생각도 썩어가고 있으니

지난날의 상처를 치유하고 싶다

머리를 물 밖으로 내밀고
태양을 바라보고 싶다
썩어가는 내 청춘의 가지를
다시 파릇하게 살리고 싶다

흉터

온몸에 흉터가 많습니다
어릴 때 친구들과 칼싸움하다가
얼굴이 찢어져 생긴 흉터가
눈가에 남아 있습니다

친구들과 나무에 오르다 떨어져서
머리에 땜통이 아직도 남아 있습니다

개집 만든다고 못질하다가
손가락을 망치로 찧고
손톱이 빠지고 살점이 찢겨나간 흉터가
아직도 남아 있습니다

상처가 나도 부모님께 혼날까 봐
말도 못 하고 끙끙거리면
할머니가 된장을 발라주셨습니다
꿰매지도 않고 낫게 해준
자연 치료의 흔적입니다

어른이 된 후에
흉터의 아스라한 추억을 되새겨보니
흉터는 아름다운 꽃으로 피어났습니다

요즘 아이들은 얼굴이 말갛습니다
놀 곳이 없으니 흉터가 생길 수 없습니다
흉터의 추억이 없습니다

상처가 있기에 인생이 아름다워집니다
이 상처의 흔적이 없어지면
나도 사라지겠지요

제자리로 돌아오는 시간

지구가 스스로 한 바퀴 돌면
하루가 되고

달이 지구 주위를 한 바퀴 돌면
한 달이 되고

지구가 태양 주위를 한 바퀴 돌면
일 년이 된다

지구는 매일 스스로 한 바퀴 돌아 제자리에 오고
달은 지구 주위를 한 바퀴 돌아 제자리에 오고
지구가 태양 주위를 한 바퀴 돌아 제자리에 온다

시간은 제 자리로 돌아오는데
삶은 제자리로 되돌아갈 수 없다
그러나 되돌아갈 수 없음을 알 때
비로소 인생이 보인다

추억은 방울방울

추억은 비눗방울 같은 것
비눗방울이 햇빛에 반짝이며
하늘로 올라간다
내 추억도 함께 올라간다

비눗방울은 손에 닿으면
흔적도 없이 사라진다
추억도 사라진다

추억은 그리울 때 빛나지만
잡으면 추억은 사라진다
그러니 잡지 말고 그냥 묻어두시라
그리운 사람은 그냥 그리워하시라
그리움이 추억이니

그리운 한때

소풍 가기 전날
잠 못 이루던 밤

운동회가 있는 날
밥숟가락 놓자마자
운동화 끈을 조이던 아침

첫사랑과 데이트 하던 날
종일 아무 일도 하지 못하고
시계만 바라보던 오후

첫 출근 하는 날
어색하게 양복에 넥타이 매고
허둥허둥 버스에 오르던 일

첫 해외여행을 가던 날
밤늦도록 가방을 꾸리고
벌건 눈으로 나선 이른 시간

결혼하는 날
뛰는 가슴을 어쩌지 못해
공연히 찬물만 들이켜던 새벽

첫아이를 만나던 날
기도하면서 마음 졸이던 순간

잠은 십 리 밖으로 달아나고
가슴에 천둥과 벼락이 요동치던
그 설렘의 순간들

오늘 같은 날
종일 지난날의 한때를 서성이는
그리움으로 사무치는 날

혼자 걷는다

나를 둘러싼 모든 것들이
지리멸렬해지면 혼자 걷는다
뭇사람들의 미소를 뒤로 하고
정처 없이 길을 걷는다

내가 무게중심을 잃고
허공을 걷고 있는 줄도 몰라
그런들 무슨 상관이랴
어차피 혼자 가는 인생

그냥 걷는다
온종일 걷는다
친절 베푸는 것도 싫으니
부디 말 걸지 말고
그냥 혼자 걷게 내버려 두시라

사랑하는 사람이 멀어지도록 그냥 두련다
어차피 마지막에 혼자 남을 것인데

무엇을 두려워하고
무엇을 그리워하랴

모두 툴툴 털어버리고
혼자 걷는다
세상에서 지워질 때까지 혼자 걷는다

눈사람

함박눈이 내리던 날
우리는 예쁜 눈사람을 만들었지

따스한 햇살이 비치면
눈사람은 흔적도 없이 사라졌지

그때는 몰랐어
눈사람이 햇살 속으로 사라지는 이유를

이제는 알게 되었어
눈사람이 그냥 눈사람이 아니라는 사실을

창밖의 하얀 눈을
손바닥에 담으면 흔적도 없이 사라지지

인생도 세월의 손바닥에 닿으면
흔적도 없이 사라진다는 것을
이제야 알게 되었어

흔적도 없이 사라져버린 눈사람은
어린 시절의 나와 함께 사라졌어
이제 눈사람과 멀어진 거야

언 손을 입김으로 달래며
눈사람 만드는 아이들을 보면서
나의 눈사람이 그리워진다

나의 하얀 머리 위로
하얀 눈이 펑펑 쏟아진다
내가 눈사람이 되어간다

새벽안개

새벽 낙동강 둑길은
소독차가 연기를 뿜은 것처럼
안개로 가득 차 있다

안개 속으로 들어가면
아스라한 고향 풍경이
하나둘 모습을 드러낸다

멀리서 닭 울음소리가
안개에 실려 귓가를 즐겁게 한다

길 건너 안개를 뚫고 사람이 나타난다
어디 멀리 과거에서 온 느낌이다

마주하니 반가운 얼굴이다
훌쩍 변해버린 고향 친구의 얼굴이다
쪼그라들어 주름 가득한 얼굴이다

세월은 모든 것을 쪼그라들게 만든다
학교 운동장도 쪼그라들고
골목길도 쪼그라들고
어릴 때 뛰어놀던 우물가도 쪼그라들어 있다

세월은 새벽안개와 같다
밖에서 보면 보이지 않지만
세월 안으로 들어가면 아스라이 보인다

아스라한 추억이 아름답고
아스라한 안개가 아름답다
세월이 그래서 아름답다

하얀 눈에 비친 달빛

달빛이 외로움을 불러들인다
그리운 얼굴이 달빛에 어린다

한겨울 밤 칼바람에 떨고 있는 나무에게
달빛이 살포시 내려앉는다

겨울나무도 부끄러운 듯
달빛에 손을 얹는다

달빛이 하얀 눈에 반사되어
대낮처럼 밝게 빛난다

긴긴 겨울밤 잠 못 이루고
눈에 비치는 달빛에 넋을 잃고 있다

달빛과 눈이 어울려 춤을 춘다
첫사랑의 열병을 앓는 열다섯 소녀처럼
수줍게 춤을 춘다

하얀 눈에 비친 달빛이

무심한 나의 마음을 감싸 안는다

하얀 눈이 하얀 머리에 쌓인다

하얗게 덮인 시골길을
눈을 맞으며 걸어간다

온 세상이 하얗다
내 머리도 하얗다

내가 눈이 되고
눈이 내가 된다

머리가 하얘지는 것은
눈을 닮았기 때문이다

눈의 외로움과 눈의 추억
하얀 머리는 눈을 닮아 어여쁘다

하얀 머리에 떨어진 하얀 눈이
눈물과 함께 떨어진다

친구 집

그냥 불쑥 친구 집을 찾았다가

친구가 없으면 물 한 잔 마시고

친구가 있으면 술 한잔합니다

겨울꽃

봄에 피는 꽃은
잎보다 먼저 수줍게 꽃을 피운다
봄꽃은 아기 귓불처럼 부드럽다

여름에 피는 꽃은
화려하고 풍성하게 꽃을 피운다
여름꽃은 아가씨 콧날처럼 도도하다

가을에 피는 꽃은
열매나 씨를 품고 꽃을 피운다
가을꽃은 어머니의 품처럼 고귀하다

겨울에 피는 꽃은
하얀 눈 속에 홀로 꽃을 피운다
겨울꽃은 아버지 손등처럼 의연하다

한 송이 꽃으로 피어날 수 있다면
나는 홀로 피었다 지는 겨울꽃이 되련다
고독해도 외롭지 않은

인연은 바람이 되어

꽃잎이 바람에 흩날린다
휘날린 꽃잎이 땅에 떨어진다
사람이 꽃잎을 밟고 지나간다

사람이 지나간 자리에 세월이 지나간다
우리가 세월을 지나가는 것일까
세월이 우리를 지나가는 것일까

바람이 세월을 스쳐 지나간다
바람과 세월은 잡으면 사라진다
잡으면 사라지고 놓으면 돌아온다

돌아오는 것을 인연이라 하지만
인연은 바람이 되어 사랑으로 돌아온다
사랑만이 남아서 우리를 기억한다
그것을 나는 인생이라 부른다

바람

바람에 종이 울린다
바람이 종을 울린 걸까
종이 바람을 울린 걸까

바람처럼 왔다가 사라지는 게
인생뿐만은 아니겠지만
스쳐 가는 모든 건 아름답다

산에 부는 산들바람은
등산객의 땀방울을 스치고

가뭄 끝 단비와 함께 부는 바람은
농부의 시름을 스치고

바닷가 파도에 실려 오는 바람은
나그네의 외로움을 스친다

바람에 나뭇잎이 흔들린다

바람이 나뭇잎을 스친 걸까
나뭇잎이 바람을 스친 걸까

바람에 마음이 흔들린다
바람이 마음을 스친 걸까
마음이 바람 곁을 스친 걸까

인생은 바람과 같은 것
스치기만 할 뿐
흔적 없이 사라져
인생은 아름답다

근심에 담긴 작은 행복

백 년이 넘은 나무 사이를 지나니
산꼭대기 호수가 나를 비추네

세상의 모든 근심이 사라진 듯
평안한 마음속에 호숫가의 물결처럼
자식에 대한 작은 근심이 일렁이네

호수 수면에 자식 얼굴만 가득하니
이것이 세상의 부모 마음이려니
자식 없어 근심 없는 것보다
근심 많아도 자식 있는 것이 행복이려니

이 작은 근심에 행복이 담긴다

3부

부질없어 아름다운

홍시

조금 손해 보고 살자
많이 손해 보지는 말자
알면서도 조금 손해 보면
마음에 여유가 영근다

초겨울 까치를 위해 홍시를 남기는
농부의 마음이 넉넉하다
하얀 눈 속에 남아 있는 빨간 홍시
몇 알로 세상이 한결 풍요롭다

많은 것을 가질수록 마음은 비어 가고
조금 손해 보면 마음을 얻게 되니
가슴에 또 하나의 말씀을 새긴다
하얀 눈 속에 남아 있는 빨간 홍시처럼
작은 사랑을 남기는 일

누나

하얀 박꽃을 닮은 누나
장미처럼 화려하지는 않아도
수줍음으로 모든 것을
환하게 감싸 안았던 누나
구멍 난 양말에
찬밥은 늘 누나의 몫이었습니다

말 없이 수줍은 미소만 짓던 누나
이 가네 큰 애기 얻어가는 놈
복 받았다는 동네 어른들 말씀을
공연한 내 심통을 뒤로 하고
누나는 시집을 갔습니다

누나가 시집가던 날
지붕 위의 박에다
애꿎은 돌팔매질만 해댔습니다

8호선 잠실역 할머니

잠실역 8호선 지하철에는
허리 굽은 할머니가 껌을 팔고 있습니다
매일 아침 할머니께 돈을 건네고 그냥 갈라치면
할머니는 내 손을 꼭 잡고
껌 한 통을 손에다 내려놓습니다

할머니가 안 보이는 날이면 나도 모르게
어디 아프신 건 아닐까 걱정이 앞섭니다
며칠 후 할머니가 나타나 반가운 마음에
만 원짜리 한 장 보이지 않게 두고 가려는데
그 순간 허리 굽은 할머니가 일어나
껌 다섯 통을 건네줍니다

할머니에게 겸연쩍은 웃음을 보냅니다
할머니도 환하게 웃습니다

잠실역의 할머니를 보면
돌아가신 할머니가 자꾸 생각이 납니다

받기만 한 사랑을 되갚을 길이 없어
산소에만 가면 눈물이 흘렀습니다

잠실역 할머니 때문에 출근길이 기다려지고
지갑을 확인하고 집을 나섭니다
매일 아침 할머니를 만나는 것이
행복의 시작이었습니다

몇 달 전부터 할머니가 보이지 않습니다
며칠을 기다려도 몇 달을 기다려도
할머니의 모습은 보이지 않습니다
오늘도 할머니의 빈자리를 망연히 쳐다보다
사람들이 붐비는 지하철 속으로 들어갑니다

누군가 보고 싶을 때

누군가 보고 싶을 때 크게 심호흡을 합니다
그리움이 나에게 흘러들어옵니다
내가 고독이 됩니다

누군가 보고 싶을 때 밤하늘의 별을 쳐다봅니다
별이 그리움이 되어
내 가슴에 들어와 박힙니다

누군가 보고 싶을 때 낯선 곳으로 떠납니다
길이 이방인이 되어
내 안에 떠돕니다

누군가 그리울 때 고개 들어 해를 쳐다봅니다
환한 빛이 나에게 흘러들어옵니다
사랑으로 물들입니다

보고 싶은 건 그리움이고
그리움이 사무치면 눈물이 됩니다

눈물이 먼지처럼 우주를 떠돌다가
그리움으로 뭉치면 우박으로 쏟아집니다

그리움이 사무칠 때
내가 눈물이 되고 사랑이 됩니다

한 송이 들꽃처럼

나는 돌아가리라
한 송이 들꽃처럼 살리라

나는 흙으로 돌아가리라
잿빛 도시를 벗어나리라

예쁘게 길들여진 장미가 아니라
산속 한가운데 홀로 피어있는
이름 없는 들꽃이 되리라

죽음을 향해 달리는 개미의 행렬처럼
오늘도 의미 없이 죽음을 향해 질주하네

무엇 때문에 바쁜지도 모른 채
화려하지만, 진실이 사라진 도시
나는 이 도시를 떠나고 싶다

바람이 불면 바람과 함께

비가 오면 비와 함께
있는 그대로의 나를 보여주는
한 송이 들꽃처럼 살고 싶다

이름 없는 들꽃이 되어
나는 자유를 이루리라

거친 들판에서 목 놓아 부르짖으리라
모두를 사랑했다고

나는 돌아가리라
한 송이 들꽃처럼 살리라

무슨 미련 그리 많길래
무슨 욕심 그리 많길래 떠나지 못하는가

벌이 찾아오지 않아도
나비가 찾아오지 않아도

외롭지 않은 한 송이 들꽃처럼 살리라

가슴 한번 펴고 하늘 한번 쳐다보자
모든 것을 버리고 떠나자

생각만 하지 말고 미루지 말고
미련 없이 흙으로 돌아가자

집에서 키우는 살찐 돼지보다는
산에서 마음껏 뛰어놀다 총에 맞아 죽는
멧돼지가 되고 싶다

바람이 불면 바람과 함께
비가 오면 비와 함께
있는 그대로의 나를 보여주는
한 송이 들꽃처럼 살리라

이름 없는 들꽃이 되어

나는 자유를 이루리라

거친 들판에서 목 놓아 부르짖으리라
모두를 사랑했다고

* 이영주 노래 〈한 송이 들꽃처럼 살리라〉 가사

아내의 코 고는 소리

새벽에 뒤척이다가
고막을 타고 흐르는 소리에 잠을 깬다

드러렁 드러렁 쿵 드러렁
아내의 코 고는 소리가 적막을 깬다

소녀 같은 아내가 코 고는 것이
신기하기도 하고 측은하기도 하다

아내는 무슨 꿈을 꾸고 있을까
깊게 잠든 아내의 모습이 예쁘다
아내의 코 고는 소리가 예쁘게 들린다

다시 잠을 청하려 돌아눕는데
아내의 코 고는 소리가 음악처럼 울려 퍼진다

깊게 잠든 아내가 깨지 않게 살며시 나와
창밖의 달님을 쳐다본다

달님도 피곤한 듯 졸고 있다

억지로 잠을 청해도 오지 않는 잠을

애써 세월 탓으로 돌린다

사랑이 너무 쉬웠어요

사랑 때문에 가슴 아프고
사랑 때문에 잠 못 이룬 밤들이
너무나 힘들었어요

당신의 마음을 몰랐기 때문에
사랑이 힘들고 어려웠어요
그때는 집착도 무모함도 버리지 못했어요

집착을 버리고
마음을 비우면
사랑이 이리도 쉬운 걸 그때는 몰랐습니다

사랑이 이렇게 쉬운 걸 그때 알았더라면
그렇게 눈물 흘리고 가슴 아파하지 않았을 걸
이제야 후회합니다

그때 조금 더 보듬어주고 더 많이 사랑해줄 것을
그러나 그 사랑은 기다려주지 않네요

그 사랑이 떠난 후에야 깨달았어요
왜 그 사람에게 받으려고만 했을까
왜 그 사람을 편하게 해주지 못했을까

사랑이 쉬운 줄 이제 알았어요
하지만 그 사랑은 기다려주지 않네요

기억과 추억

기억은 머리에 남고
추억은 가슴에 남는다

기억은 지식을 담고
추억은 사랑을 담는다

지식은 공유할 수 있지만
추억은 공유할 수 없다

기억은 끄집어낼 수 있지만
추억은 그리움에 묻어 나온다

기억은 오래가지 않지만
추억은 오래간다

기억은 향기가 없지만
추억은 향기를 남긴다

추억을 간직한 아스라한
사랑의 향기가 그립다

사랑은 추억이고
추억은 사랑이다
추억은 그리움이다

사소한 행복

추울 때 따뜻한 차 한 모금 마시면
따스한 온기가 온몸을 타고 흐른다
행복이 스며든다

배고플 때 김치에 밥 한 공기를 먹으면
은근한 밥의 향기가 배 속으로 흐른다
행복이 따라 흐른다

사랑하는 사람을 안으면
사랑의 느낌이 가슴으로 전해 온다
행복이 함께 전해 온다

도움을 청하는 사람에게 손길을 내밀면
손끝에서 감동의 울림이 전해진다
행복이 전해진다

피로에 지쳐 집에 들어가면
집 안의 따스함이 내 몸에 스며든다

행복이 온몸에 스며든다

돌아갈 집이 있고
안아줄 사람이 있고
배고픔을 채워줄 밥 한 그릇 있으면
나는 행복한 사람이다

꿈이 보입니다

어린이의 웃음을 보면
세상이 아름답습니다

눈동자를 바라보기만 해도
내 어릴 적 모습이 떠오릅니다

어린이는 스스로 정화합니다
그 해맑은 모습이 그려질 때
나는 어린이가 됩니다

세상이 힘들 때
어린이를 가만히 지켜보세요
그 모습이 당신에게
삶의 희망을 불러일으킵니다

그냥 지켜보기만 하세요
다른 생각은 하지 마세요

아버지를 만납니다

어느 날 아침, 부스스한 얼굴로 거울을 보던 나는
거울 속에 비친 모습을 보고 깜짝 놀랐습니다

거울 속에 아버지가 계셨습니다
내 얼굴 속에 아버지의 얼굴이 겹쳐 보였습니다

나이가 들수록
점점 더 아버지를 닮아간다고 아내가 말합니다

아버지가 돌아가신 지도 시간이 꽤 흘렀지만
아버지의 그리움은 시간이 흐를수록 깊어집니다

아버지가 보고 싶을 때마다 거울을 봅니다
내가 웃을 때 아버지도 웃습니다

잠 못 이루는 밤

무슨 고민이 그리 많길래
세상 모두 잠든 깊은 밤 잠 못 이루고
뜬눈으로 지새는가

잠 못 드는 밤이 길어진다
골목 고양이 소리도 귀에 거슬리고
괘종시계 초침 소리도 신경을 건든다

새벽 3시 아파트 창밖을 내다보면
불 켜진 집들이 피곤한 눈에 잠긴다

무슨 사연으로 잠 못 이루는지
커피 한잔 들고 따뜻한 위로의 말을 전한다
잠 못 이루는 이 밤에 마음이라도 전하고 싶다

잠 못 이루는 사람은 마음이 여린 사람이다
잠 못 이루는 사람은 사랑이 그리운 사람이다
잠 못 이루는 사람은 아픔이 있는 사람이다

잠 못 이루는 사람들의 심정을 헤아리다 보니

불 켜진 집이 하나둘씩 사라진다

온화한 새벽빛이 다독거리며 나를 재운다

아랫목 밥그릇

어릴 적 우리 집 안방의 아랫목에는
세 개의 밥그릇이 누워있었습니다

한 그릇은 할머니를 위해
또 한 그릇은 입시공부로 늦게 들어오는 형님을 위해
마지막 한 그릇은 항상 귀가가 늦은 아버지를 위해

밖에서 뛰어놀다 꽁꽁 언 손을 녹이기 위해
아랫목 이불 속에 뛰어들다
밥그릇을 뒤집어 놓은 적이 한두 번이 아닙니다

나이 들어서도 아랫목이 그리워 발을 뻗을 땐
밥그릇이 있나 조심스럽습니다
아랫목의 밥그릇은 사라지고
바닥은 뜨거워도 발이 시립니다
사랑이 시립니다

할머니의 요강

작은방에 덩그렇게 자리 잡은
할머니의 요강이 보기 싫었습니다
잠결에 막내가 걷어차기라도 하면
온 가족이 잠을 떨치고 일어나
소란을 피워야 했던 애물단지였습니다

넓은 집으로 이사하고
집안에 화장실이 들어선 후
할머니의 요강은 사라졌습니다

그러던 어느 날 아버지가 광속에서
요강을 다시 꺼내 왔습니다

지팡이 짚으시는 할머니를 위해
아버지는 요강 당번이 되셨습니다

할머니의 요강이 보고 싶습니다

할머니의 고독

열여덟에 시집와
서른여덟에 할머니는 혼자가 되셨습니다

어릴 때부터 할머니 손에서 자란 나는
할머니의 젖을 만지며 잠들었습니다
돈 벌러 나간 아버지와 어머니가 집에 돌아오면
부끄러워서 할머니 뒤에 숨었습니다

먹을 것이 귀한 시절
남의 잔칫집에서 일해주고 음식을 얻어 가져오면
형제들은 참새 새끼처럼 둘러앉아 받아먹었습니다
할머니는 많이 먹었다면서 연신 물만 들이켰습니다

그날 밤 할머니 품에서 잠들면
할머니의 뱃속에서 들리는 꼬르륵꼬르륵 소리가
자장가처럼 내 귀를 울렸습니다

술이라도 한잔하시는 날에는

먼 산을 쳐다보시며
소리 내어 우시는 할머니의 눈물을 이해하지 못했습니다

한 번도 보지 못한 할아버지 이야기만 나오면
일찍 가신 할아버지를 원망하는
할머니를 그때는 이해할 수 없었습니다

할머니가 혼자 되셨던 내 나이 서른여덟
할머니의 외로움을 이해할 수 있을 것 같았던 그해
할머니는 돌아가셨습니다

돌아가신 할머니의 얼굴을 만지며 한없이 울었습니다
나의 눈물은 할머니의 눈물과 이제야 하나가 되었습니다

아버지의 그늘

어릴 적 아버지는 산과 같았습니다
높은 산의 그늘에서 두려움이 없었습니다

내가 크면서 산은 낮아졌습니다
산의 그늘이 줄어졌습니다

세월이 흘러 그 큰 산의 아버지는
자꾸만 작아져 나와 같아졌습니다

아버지의 그늘을 찾지만
제 그늘이 아버지의 그늘을 덮어버렸습니다

두 개의 그늘이 합쳐지는 순간
아버지의 큰 산이 더욱 그리워집니다

김 한 조각

모처럼 밥상에 먹음직스런 김이 오르면
김 한 장에 밥 한 숟가락
싸우지 말고 먹으라고 김 한 장씩 배급받아 먹었습니다

보리밥 한 숟가락 위에 토끼풀처럼 올라앉은
김 한 조각이 꿀맛이었습니다

할머니는 항상 그 맛있는 김을 남겼습니다
할머니의 남겨진 김을 서로 먹으려고 싸우다
밥상머리에서 아버지께 맞은 기억이 납니다

모든 것이 풍성해진 지금
아무것도 할머니가 남겨주신 김만큼
맛있는 것은 찾을 수 없었습니다

할머니가 남긴 김에는
사랑이 있었기 때문입니다

나도 아버지가 되었다

아들이 태어났다
보름달같이 환한 얼굴로 추석에 태어났다
신기하게도 나를 똑 닮았다

뿌듯하다
얼굴에 웃음이 가시지 않는다
만천하를 얻은 기분이다

아버지가 된다는 것은 어떤 의미일까
인생은 이렇게 흘러가는 것이겠지

아들과 나는 가장 깊은 인연의 끈으로 연결되어 있다
아버지도 나를 가졌을 때 같은 생각이셨을 거다
아버지와 나와 아들의 인연

나도 아버지가 되었다
가슴이 터질 것만 같다

병원 분만실 계단을 내려올 때
창문을 통해서 환하게 비추는 햇빛 속에서
아들의 이름이 무지개처럼 솟아올랐다
웅장하고 웅대한 웅(雄) 자가 떠올랐다

웅장하고 웅대한 꿈을 가진 아들이
세상의 빛이 되기를 기도한다

나도 아버지가 되었다

이제 만나러 갑니다

이제 만나러 갑니다
이제야 만나러 갑니다
몸은 죽어 또 죽어도
혼이 고향의 어머니를 찾습니다

칠십이 넘어 백발이 되었건만
어머니는 마흔의 예쁜 어머니로
그의 기억에 남아 있어요

보고 싶어요
보고 싶어요
몸은 백골이 되어 사라져도
영혼을 어머니께 드립니다
나를 본 듯이 받아주소서

이제 만나러 갑니다
모든 것 버리고 만나러 갑니다
불효자를 용서하세요

내일 만나기로 한 것이 60년이 흘렀어요
울고 울어서 가슴에 눈물이 맺혔어요
그 눈물을 누가 치워줄까요

가슴의 한을 차곡차곡 담아봅니다
소망을 열어보시고
소망을 들어주소서

이제 만나러 갑니다
가슴의 한을 담고 영혼이 되어
이제 어머니를 만나러 갑니다

*채널 A 〈이제 만나러 갑니다〉 주제곡 가사, 이영주 노래

네가 있어 줘서 고마워

네가 있어 줘서 고마워
너 때문에 인생의 최고 행복을 느꼈어

네가 태어난 순간
나는 세상의 모든 것을 다 얻은 것만 같았어

너의 예쁜 미소에 나의 고통은 사라지고
너의 고사리 같은 손을 잡으면, 세상의 시름은 사라졌어

사랑해, 내 딸아
내 목숨 바쳐 사랑해

아직도 어린 애기 같은 네가
오늘 내 품을 떠나는구나

오늘 이 기쁜 자리에 내 마음속 한구석은
왜 이렇게도 허전한지 나도 모르겠어

아빠는 오늘 울지 않으려고 그렇게 노력했건만
흐르는 눈물을 참을 수가 없구나.

사랑해 내 딸아
내 목숨 바쳐 사랑해

네가 태어나줘서 고맙고
네가 있어줘서 고마워

*이웅희 노래 〈네가 있어줘서 고마워〉의 가사

회초리의 추억

어린 시절 형과 싸우면 회초리로 매를 맞고
추운 겨울 수돗가에서 발가벗고 벌벌 떨었습니다
아버지 발소리만 들어도 가슴이 뛰었습니다

학교에서 상장을 받아오면
읍내에 나가 짜장면을 사주셨습니다
아버지는 아무 말씀도 없이 드셨습니다
무서웠던 아버지가 옆에 계신 것만으로도
든든했던 건 왜일까요

세월이 흘러 내가 아버지가 되니
아버지를 그대로 닮았습니다
나는 아버지처럼 당당해지고
아버지는 자꾸만 약해지셨습니다

그렇게 당당하시던 아버지도
세월을 이기지 못하고 허리가 굽고
며느리 눈치를 보는 모습에

안쓰러워 눈물이 쏟아집니다

아버지의 회초리가 그립습니다
잘못이 왜 잘못인지 일깨우던
아버지의 회초리가 그립습니다
아버지의 당당한 사랑의 매를
저는 지금 맞고 싶습니다

아버지의 차가운 손

아버지가 돌아가시던 날
아버지의 손을 잡고 울었습니다
아버지의 손은 차가웠습니다
왜 따뜻한 아버지의 손을 잡지 못했을까
눈물이 후회를 막지 못하고 쏟아집니다

어릴 때는 아버지가 무서웠습니다
아버지께 다가가기가 어려웠습니다
아버지는 말씀이 없으셨습니다
아버지는 원래 그런 줄 알았습니다
아버지는 좋아도 내색을 하지 않으셨고
싫어도 싫은 기색을 보이지 않았습니다

내가 아버지가 되고
아버지께 다가가고 싶었지만
아버지도 저도 어색하기만 했습니다
서로 마음으로 전하는 사랑이면
충분한 줄 알았습니다

아버지의 차가운 손을 잡고서

아버지의 따뜻한 손이 가슴에 사무쳤습니다

왜 아버지가 살아계실 때

아버지의 따뜻한 가슴에 안겨보고

아버지의 따뜻한 손을 잡고

얼굴에 비벼보지 못했을까

아버지는 기다려주지 않았습니다

아버지의 따뜻한 손이 그립습니다

아버지가 보고 싶은 어느 날 밤

공부에 지쳐 잠이든 아들의 손을 잡아봅니다

아들의 따뜻한 손에서

아버지의 온기가 전해집니다